U0022628

松窗絮語

藍晶詩集

自序 詩趣無窮又一集

離上回出版《詩窗小語》快滿五年了。這五年來，又陸續塗寫出上百首，在去年底散文集《草原之歌》由秀威順利出版後，才歇下來照拂這上百首小東西。一番揀選分類，準備將她們「嫁」出去，希望她們都有美好歸宿，得人喜愛。

這回的整理，仍是依循《詩窗小語》的格局，分為人文篇、情懷篇、自然篇和親情篇，共計150首。其中人文篇和自然篇較龐大，各佔了三分之一。親情篇只有13首，卻最讓我情牽。

此集名之為《松窗絮語》，因此地暮春時節，常飛絮紛落，在掃絮中而來之靈感。想每首小詩如此細微，結集起來，倒也如絮舞之繽紛。又「絮」暗指「續」也，可說是《詩窗小語》的續集。

這些上百首「小小」中，有和朋友聚聊、野遊之樂，有周遭變故起伏之憂，有漫遊自然之暢，有天災動盪之愁……無論如何苦樂交纏，這就是現實的人生。只因為有詩，把它們都昇華了，「柔賞幻塵皆是詩」呵！淡化憂惱，珍惜美好，人生是如此深沉美麗！

4/3/2015於亞特蘭大

* 感謝秀威資深編輯林世玲女士的慧心編排，使本書呈現清雅風貌。文內的四幅卷頁圖係由旅居巴黎、學過攝影的大女兒貞妮所提供。圖片中的少女為其好友，來自台灣、曾在澳洲當過模特兒的林維玟小姐。

7/31/2015作者續語

目 次　　■contents

自然篇

親情篇

人文篇

入聲情

今人讀古詩
平仄不全適
常因古語中
匿了入聲字

12/2/2012

* 去年在準備為「書香社」主講「詩詞女傑葉嘉瑩」
  時，上網聽她提道：「每逢佳節倍思親」中的
  「節」字應讀回古人的入聲，才合平仄。
  　　最近興起，從眾詩中尋出了一大票：清明時節
  雨紛紛、有約不來過夜半、沾衣欲濕杏花雨、欲別
  頻啼四五聲、畫出耕田夜績麻、睡起莞然成獨笑、
  楊花榆莢無才思、剛被太陽收拾去、水村山郭酒旗
  風、寒夜客來茶當酒、問渠那得清如許、何如惜福
  留餘地……列不完的許多。上面群詩中的節、約、
  濕、別、出、績、獨、莢、拾、郭、當、得、福等
  字在國語中雖為平聲，卻皆為古時的入聲，若用今
  日的方言（閩語、粵語等）來讀，也都是短促母音
  收尾的入聲。想想我們的方言竟還保有唐音宋語，
  仍有古人語言的脈搏，不覺心頭一陣溫暖。

內湖山遊

——記5/24/2012與高瑲吟夫婦郊遊

晚春抵台方晴朗　　閨友來約去遊山
內湖白石湖吊橋　　漫野盈綠好風光

過橋行行復行行　　忽見花海笑吟吟
路客紛紛爭留影　　朵朵百合吐溫馨

逶迤而下見前方　　亭亭荷葉滿池塘
近睎田田圓葉間　　點點粉蓮嬌羞現

飽吸涼綠翠滿塘　　日暖欣逢小食堂
有機農園蔥湯餃　　涼棚竹椅啖菜香

果園菜圃密圍繞　　野味鮮美現品嘗
瓜棚架下垂垂綠　　大小盆栽滿滿香

拾級而上沿途賞　　涼飲小店花欄杆
草莓蜜汁殷紅醉　　陽傘桌邊微風吹

奇花異卉拂面過　　依依難捨下山坡
美景美食誠難忘　　摯友摯情恆醇長

6/12/2012

別語

海外珍為鄰
歡欣處至今
將隔千里路
難捨依依情

6/20/2014

* 天下沒有不散的筵席，連近在咫尺的徐家，也將離
別西遷。回首多年來，他們對我之照應，遠多於我
所能給予。在滿懷感恩的不捨情懷中，虔祝他們伉
儷，西居愉快平安！

台大外文系

好時髦、亮眼的系呵！在當年
高居文學院的華殿

好大的系呵！每年至少擠入了
六、七十位莘莘學子

好多漂亮的女生啊！她們
臂彎裡抱著厚厚的莎士比亞
苗條倩影穿梭在大王椰林下……

假如時光能流回六十年代
讓空間挪回杜鵑花城
那麼　　外子口中曾屢屢提及的
諸多男女同學
正在校園中　　清純靈慧地
散發青春、吸取洋學
他們熱衷地去選

蘇維熊的英詩、聶華苓的散文
孫靖民的戲劇、吳炳鐘的翻譯
他們承恩於趙麗蓮
受惠於英千里……

1964年的謝師宴上
流轉著一群群麗粧的佳人
那朵群花中的芙蓉
穿一款好雅緻的白洋裝
秀麗的捲髮下
亮晃著一對珍珠長耳墜子
燦著甜美的青春笑靨
正舉杯向某神父致敬……

這張四十多年前的相片
從伊媚兒中傳來
來自加州一位學姊
這盛妝佳麗　　曾是
外子讚不絕口的系花
我今天才瞧到她
而他　　已不復記憶

四十年
可以如是輕忽如瞬間
也可以如是滄海桑田

近來電腦中
天天流盪穿梭著
他們六十年代的回憶
一批批舊照、信函
交襲而來
而他　　竟然
沾不到、也捲不入
那最美的四年重溫

12/6/2010

夏遊
——試填〈水龍吟〉

日日驕陽赤烤，假期隨友赴北郊
久旱無雨，枯象偶見，仍漫綠意
翠徑逶迤，藍湖如洗，莊園隱逸
點餐先歇息，涼飲渴吸，伴明窗，景暢怡
拾級瞻仰古蹟，百年屋，斷井殘垣
祖先上溯，美國內戰，坎坷偏安
後園紅紫豔，欣逢蓮，滿塘田田
蔭垂湖風和，閒遊白鵝，盛夏悠樂。

7/5/2011

* 美國國慶日，隨好友出遊，往北約一小時餘車程，
抵達Adairsville的Barnsley Gardens，並瞻觀園主
十九世紀之古舊樓屋。此歷史古蹟曾於1906年遭龍
捲風襲擊，只留殘損外貌，子孫散衰，唯一女勉力
維護。樓前一棵近三百年樹齡的中國檉（移自菲律
賓）仍傲拔高挺，蔚為奇觀。此片私人庭園整理得
花木扶疏，還建有不少雅舍，供遊客租宿。綠野起
伏，湖面如鏡，可打球徜徉，是喬州北部相當幽美
的休閒景點。歸途，豔日高炙，入麥當勞飽啖鳳梨
芒果冰沙，再上路。忽來一陣風雨，幸很快過去，
平安歸家。謝謝姚芳莎！

奧運之夜

英倫奧運迸火花
奇景妙思獻精華
快閃繽豔狂歌舞
且出探涼月籠紗

7/28/2012

* 在經濟大衰退中策畫數年的倫敦奧運，總算於7/27
  晚盛大開幕推出。它雖未如四年前的北京奧運那般
  斥巨資的璀璨華麗，但在拮据中的繽紛展現，已難
  能可貴。從古樸的農莊到工業革命後的煙囪林立，
  從大文豪莎士比亞到Mary Poppins, Peter Pan 等熟
  悉的卡通童話，從007 James Bond到披頭四，再到
  名書系列Harry Potter等等數不清風行世界的英國
  文化，在緊湊精彩的一幕幕中集錦展現，直推演
  到目前這快速變遷的e世代，音樂也隨著滿天飛的
  iPhone, iPad等新科技產品急驟狂舞……近九點了，
  原是我漫步回來時候，受不了這份喧鬧，起身外
  出。夏夜寂寂，我望到松間那半團朦朧的紗月……

嵩壽誌慶

——恭賀詩壇夏紹堯先生百歲華誕

群芳盛放春濃日
天賜壽翁百歲時
歷遍滄桑寄吟詠
騁馳醫界存文思
浮沉韻海閒生樂
出入名家自成師
詩作逾千何所似？
紅梅紛綻豔霜枝

5/18/2013

榮幸受邀夏伯伯百齡慶生宴，謹此謝賀。

* 夏伯伯出生於舊曆4月9日，應是百花爭妍的春天。
　以「群芳」為首致賀，也暗合《紅樓夢》中之「壽
　怡紅群芳開夜宴」。

幸會

春風吹來智多星
儒雅翩翩逸文情
聽講成詩驚四座
受邀唱曲添歡欣

2/1/2012

＊「書香社」開春聚會，欣逢〈亞城園地〉名筆高達
　宏君蒞臨，其風趣談吐、敏銳才情，掀起全場歡
　愉。

思懷

——悼念詩壇耆宿夏紹堯先生

慣見佳詩詠報端
忽聞爾後斷篇章
晚晴文聚恆溫暖
慰我後學淡哀傷

＊　　　＊　　　＊

十多年來藝文馨
難忘夏公酬詩情
天涯放懷思湘意
湖海閒吟伴我心

＊　　　＊　　　＊

去歲暮春賀百齡
今朝花綻登天庭

精勤一世無人比
勵我後學續耕耘

4/21/2014

* 昨日黃昏外出與鋼琴老師慶祝復活節及其生辰歸
　來，突接雨蓮電話，驚悉夏伯伯已於週五仙離。雖
　嵩壽無無盡，終有一別，但值此花艷春日，並無心
　理準備，難免惆傷。思及過去他老人家對藝文活動
　之熱誠參與和鼎力支持，到晚年仍勤耕不輟，尤令
　人欽仰！他雖遠去，不再歸來，然其詩魂恆在；諸
　多贈書，歷歷隱現其楚心湘情，伴我慰我海外遊
　魂，不覺稍釋傷懷。「立言」之不朽，在此彌覺
　珍貴！

急歸

回台風波一椿椿
都為高堂出狀況
萬里難除心焦慮
椿萱恩重親情長

1/21/2013

* 最近校內的老師們一個個接二連三地先後趕回台
　灣，不是探病，就是送終。目睹她們往返奔疲，無
　奈感傷中想起我們孔聖人的「父母在，不遠遊」，
　萍居異鄉的海外華人，能不歎乎？

情歸

如大洋中一枚翠玉　　明媚珍稀
含蘊華夏薪傳　　綿綿密密
赤誠純樸　　多少勤善所凝聚

雖曾遭　　無情風雨　　摧打遺棄
依然她　　點點滴滴　　兢兢業業
不懈地努力
終迸放出　　光燦的奇蹟

她那　　恆散發出的　　溫婉之綠
是海外遊子　　魂之所繫

青天白日　　旗正飄飄
又逢十月　　她　　更形熠熠……

9/12/2012

惜才

靈巧迅捷　聰慧穎悟
細密關懷　周遍服務
明察果斷　不畏艱難
女中金剛　令人佩仰

這下子　她不在
要多少人　去替代？

8/11/2013

* 此寫為職忙而辭去的女校長。

惜花

讀妳
顛沛流離
讀妳
掙扎谷底
讀妳
謀生於縫隙
多沉重的坎坷呵！
不勝唏噓

是美麗的花兒開在荊棘裡？
上天已不忍也不應再將妳遺棄

往昔的淚
都凝出了人生的珍珠
顆顆光燦圓滿
將鋪綴出妳前途的清歡
在此祝福妳　　佛佑綿長

6/22/2014

感恩

今日感恩節
清寂無盛餐
淡嘗南瓜餅
感謝家平安

11/22/2012

＊ 除了嘉麗，其餘子女，遠在異地。家中寂寂，無有
　盛饌，清爽淡餐。餐後掃院，仰望暮空，半輪晶
　月，皎窺松間⋯⋯

感情二首

感心

歷經滄桑一美人
精嫻花藝賦詩篇
善心柔愛獻耆老
風雨飄搖一朵蓮

12/27/2012

＊在這災難日頻、動盪不安的時代，欣見文友的真
　善美。

有情

戲滿舞台豔滿裝
俊生美旦癡情長
繽紛典麗歌仔戲
根落亞城現曙光

12/29/2012

* 感謝雨蓮文友誠邀，得以聆賞12月29日在「台美學
  校」演出的《有情人系列折子戲》。驚喜於其生旦
  文武行頭的齊備、扮相的完美不苟、身段台步架式
  的熟練俐落、唸白互動的入戲入情，甚為難得！

戲緣

蘇三離了洪洞縣*
癡迷京劇憶當年
數十寒暑洋邦過
喜聆漢聲續舊緣

12/17/2014

* 此句為京戲《玉堂春》中之唱詞，洪洞縣在今山西省。
　　有幾十年了，沒再聽到胡琴聲。最近一個偶然
機緣，上網點賞了京劇《貴妃醉酒》，賞到當年梅
蘭芳改編過的旖旎唱詞：「海島冰輪初轉騰，見玉
兔啊！……皓月當空……那鴛鴦來戲水……雁兒
飛……這景色撩人欲醉」欲罷不能，竟牽出了一齣
又一齣，從四郎探母、華容道、二進宮、白蛇傳、
大登殿到玉堂春等等名劇。想當初，中學時代，
「台視」剛開播就推出電視平劇，透過中文字幕的
誘引，才開始探眼接觸這多采典麗的國粹瑰寶世
界。記得讓我開眼的第一齣是空軍大鵬劇校當家青
衣徐露的《玉堂春》，猶記其在〈起解〉中的哀怨
淒楚。接著就是古愛蓮的《鎖麟囊》、鈕方雨的
《打漁殺家》、《拾玉鐲》等等沒完沒了，直到出
國。久別西皮、二黃，再來縈繞，額外溫馨。想中
華五千年歷史，有多少戲呵！怎賞得完？

敬

——1/21/2013觀看歐巴馬連任就職典禮
有感

白髮蒼蒼何其多
四年國政飽折磨
狂風暴雨交襲下
昂奮挺出揮干戈

1/22/2013

＊ 國債龐積，經濟待興，地球暖化，污染待除，而無
情天禍雲湧，人間烽火難息。在千災萬難中，他卻
奮力衝刺，爭取連任。若為沽名釣譽，這「名」也
釣得太苦了。然從他堅定的眼神中，不如說是滿腔
抱負待施展。無論他承受的毀譽，誠是一位罕見的
勇者！

文樂

歲月匆匆過
塵勞碌碌忙
最喜偶上網
讀到好文章

9/14/2013

＊ 昨日上網讀到「海外華文女作協」張純瑛的一篇
〈何事長向別時圓〉，她靈慧地將民初才子徐志摩
與名畫家徐悲鴻他們多采人生中先後遇到的三位女
子，作「星星、月亮、太陽」的比喻。悲鴻有幸先
結識艷陽蔣碧微，近處而難諧後，再邂逅才華似月
的孫多慈，最後得到適於長相廝守的星星廖靜文，
賢慧而奉獻，一生忠守悲鴻的畫作……而志摩不幸
先錯過賢慧的張幼儀，再迷戀清新如月的才女林徽
因，最後驚艷於社交名媛陸小曼，雖能逆中如願，
卻為她奔疲而灼傷……逢遇次序之不同而有截然不
同之命運。純瑛的聯想來自六十年代曾搬上銀幕的
徐速小說《星星、月亮、太陽》。相信世間女子至
少可歸入此三類吧？
　　純瑛在華府以深諳《紅樓夢》聞名，文采斐
然，曾來亞城演講詩詞，秀氣靈逸。塵勞中偶覓佳
人佳文，不亦樂乎！

春遊
——4/11/2010 Carnesville 農場紀遊

春香時節欣受邀
蘭惠農場東北郊
攜友同行結伴樂
迢迢路遠不覺遙

晴空如洗微風拂
滿眼翠坡柔起伏
三五牛群閒倘佯
遠離喧市入綠鄉

湖邊樹下涼風飄
歇坐野餐任消遙
醬醋蔴油拌水餃
麵包水果和飲料

喋喋絮絮話家常
難得共聚好時光

二位女客勤學釣
日暖魚兒蹤影消

且搭蘭惠敞篷車
一路衝鋒兼顛簸
好風撲面呼呼過
眺望碧野無垠闊

牛群聞聲齊聚攏
牟鳴爭食驚來客
蘭惠儼然牛中王
指揮若定安驚慌

湖風軟送日西斜
歡樂無窮且賦歸
珍謝蘭惠招待情
塵勞雅添春日行

4/18/2010

春日尋幽
——試填〈蝶戀花〉二首

林木森森深幾許？
小徑逶迤
漫綠人煙稀
塵喧滌盡路絕處
盼來幽雅玉白居
別來無恙晤久彌
忙了仙妻
雅屋眾客迷
白廳敞亮納幽景
極目遠眺暢心怡

＊　　＊　　＊

拾級而下沾雅意
滿牆墨寶
多少名人跡？
有幸同赴個展處

花鳥山水兼篆隸

歸來共餐樂相敘

笑談淋漓

俗惱盡拋棄

莫道春光無限好

春陽偏西別依依

4/8/2012

＊ 此記4月7日率書香社友董教授夫婦、張震東夫婦、
　包瑾義、賴淑賢和許淑娟同赴卡城拜訪久彌兼參觀
　其書畫展。

歡晤

春寒料峭迎佳賓
北美文風盛流行
天涯海角耕耘樂
常有鄉心萬縷情

3/5/2013

＊喬州作協經多方策畫，聯合數大社團之協辦，順利
　請到北美名作家簡宛與姚嘉為蒞臨亞城，於3月3日
　對數百熱情聽眾暢談其新作。當日在刺骨寒風中，
　僑胞出席之踴躍，足見藝文活動已廣受歡迎。

歡
——記7/6/2013藝文夏聚

藝文好友聚一堂
各顯神通雜妙談
七月六日涼夏午
豐餐美點謝月芳

7/7/2013

＊難得霪雨初歇，此地18位藝文人士共聚《亞特蘭大
新聞》許月芳家。先後抵達者有雨蓮會長、宏觀電
視紀國芳、艾容、鍾瑜、陳兆桐與夫人陳光玉、徐
蘭惠、劉北教授與夫人王素明、董永良教授與夫人
姜愛娟、林榮寵教授、久彌與夫人席莉雅、徐漢勇
與夫人張典熙、高優鍔等。鍾瑜熱誠，親書一首嵌
字詩致贈月芳女士，並為她種帶來的香椿。雖說各
人帶菜，月芳還周到得準備大盤美味嫩魚、鳳梨
蝦、咖哩豬、大鍋甜點西米露、各種點心等饗客。
一時長桌各色美食繽紛豐陳，眾客歡欣暢享，再圍
坐暢聊。雨蓮會長先請劉北教授上場開講，從睡眠
研究到南京城牆，從古人類起源到地殼變動……其
間有雨蓮的插播、久彌的補白、典熙提埃及金字
塔……興味精采裊繞，在這涼濕的夏日午後，綠意
盎然透入的陽台間。

淡節
——試填〈聲聲慢〉

平平淡淡，淒淒冷冷，商店節氣闌珊
經濟慘澹時期，最是淒涼
處處人手不足，購物無人服務
塵事忙，郵費昂，懶散寄卡問安
入夜燈飾稀疏
節黯淡，難掩人心悽惶
花錢送禮，何妨節食縮衣
感謝勉強過關，闔家同享淡餐
願來年，衰頹陰霾漸消散。

12/20/2009

* 十多年前也曾謅過一首〈節〉，在此錄出，供讀者
　們比較吧！

紅紅綠綠，晶晶閃閃，商品繽紛琳瑯。

歲末耶誕時節，最是繁忙。

處處車停滿滿，購物人潮熙攘。

冬日寒，人心暖，殷勤寄卡問安。

入夜燈飾明滅，

節正濃，全球鬧熱騰歡。

錦上添花，何妨雪中送炭？

感謝年年平安，闔家同享盛餐。

祝讀者，身心如意佳節歡。

12/16/1998《詩窗小語》P.67

溫夏遊園

——記7/24/2014遊Gibbs Gardens

難得盛夏清涼天
霽雨初歇赴北邊
翠林森森入幽徑
橋欄嬌葩盈盈艷

嫣紅姹紫吸人目
流水潺潺心涼舒
遼闊園林數百畝
唯美情懷巧構築

廣植世界名花木
處處扶疏雅超俗
日式庭園垂柳韻
莫內橋下翠荷浮

多采睡蓮娉婷姿
透翅蜻蜓忙飛馳

賞遍群華且休憩
蔭下涼椅用餐遲

生菜沙拉三明治
家常閒話皆美食
忽來驟雨迅迴避
雨過天青賦歸時

遙想西岸火燒山
感恩喬州綠盎然
暢遊名園如仙境
眾花開顏即天堂

7/25/2014

＊1980年一位喜愛大自然的老美 Jim Gibbs 懷著建闢
　一世界級花園的夢想，以其財富在亞城北郊購入
　300英畝山林，歷經30多年的設計耕耘，終於美夢
　成真，在2012年3月對外開放，成為涵納16個主題
　公園的多采美地，四季花開不斷：春來水仙遍野，
　櫻花紛綻，茱萸展姿，杜鵑成片……入夏薔薇艷
　染，玫瑰嬌香，紫薇紛垂……秋涼楓紅似火，金燦
　炫目……宛若人間天堂。我有幸在一霎雨初歇的夏
　晨，隨友前往，驚艷流連，好一趟美的洗滌！

珍謝

——感念夏伯伯贈書

豐沛情懷凝詩語
閒吟湖海結後集
几頭燈下添新寵
晚晴珠璣倍珍惜

11/19/2013

* 11/17在加州學者朱琦演講盛會前，承夏伯伯透過
  媳婦秋雪送來新作《湖海閒吟後集》，倍覺珍貴，
  謹此致謝！

珠淚

愛妳玉容如蘭
愛妳溫柔的心腸
怎麼今日　　珍珠無光

妳低低訴說　　要回台一趟
縱然校務繁忙……
以為雙親　　一向健康
令妹的消息　　卻教妳神傷

若人生得愈活愈黯淡
我們為何來此一趟？
可誰的人生　　不起波瀾？

是上天的旨意　　常降苦難？
摧裂平順　　讓人飽蘊滄桑
方能磨出　　寶石的璀麗光燦

祝妳　　平穩忍悲
度過一關關

8/29/2010

＊此寫中文學校一位工作同仁。

知音

──講「林清玄」後記

妳梳髻簪釵
搖曳著古典風采
麗粧而來
如紅蓮盛開
驚動滿堂裙釵

顛沛滄桑
都交給淤泥
妳已不沾塵埃
對失敗者付出關愛
為受挫之人辯白

獨妳知我
獨妳解我
為何要在殘缺中尋出光采

2/24/2010

* 在「書香社」中主講林清玄的早期散文，仍有會員
  對其婚變耿耿於懷。獨文友雨蓮解我，和我一般去
  諒解包容……

秋情雅聚

——記9/25/2010石頭山藝文會

藝文秋聚石頭山
湖畔夕陽好風光
幽雅露台陽傘下
久別重逢共聊歡

清逸佳文添山色
多情詩句媲水光
蘇君獲贈文人獎
難得勇撐手術關

月芳貴子發真言
濁世福音感人心
鍾瑜攜妻翩翩臨
彩畫絕文共賞吟

殘霞豔抹醉洋殘
月華晶照沁芳魂

此情此夕不常有
何時月圓共嬋娟？

9/27/2010

* 謹此感謝美協王泰安之絕妙策劃和作協羽嚴之響應
　召集。

節悼

今年不買聖誕紅
淡素白菊聊過冬
駭世槍擊觸心痛
哀思萬縷寄晚鐘

12/19/2012

* 猶記旅居康州時，住家附近有座天主堂，不時傳來
  悠揚的鐘聲，令人神往。週日屬於宗教崇拜，購
  物中心不開，居民行車有禮，夜不閉戶，路不拾
  遺……而今耶誕節近，卻從安寧的康州驚爆槍案，
  二十位無辜小天使與六位優秀師長陡然遇害喪生，
  寧不痛乎？舉國正在悲切反思，槍枝豈可濫用？其
  實核心問題不在槍枝，而在內心。若法律昭然而宗
  教規範式微，仍會出紕漏。我們需要更多的人聆聽
  鐘聲的召喚！

節聚

綠林社區耶誕聚
甜點美食盈笑語
流盪琴音添情趣
不同族裔共歡愉

12/13/2011

* 本社區Greenwood Acres於12月11日下午在區內某女
士家中舉辦Christmas Open House.各家攜帶一道點
心前往。在這忙碌的科技時代，難得嘗到了洋人親
手製作的點心。斜對面的史蒂夫提供了俄式酥皮肉
餡餃，一位未曾謀面住在綠溪小徑的女士捧來了比
利時小圓脆餡餅，還有好幾道各家獻出的珍點，都
是外面看不到的。
　　先後任重要幹事的蓓蒂、瑪格麗特等女傑，仍
俐落幹練得不服老，亮晃著美麗耳墜子，打扮得一
年相見一年俏，笑談往事逸聞。一位著紅花長裙、
滿臉帶笑的東方女士，遞來名片，原來是住在綠柳
巷的鋼琴老師，因冠了洋夫姓，不知原籍。她在靠
牆的鋼琴前坐下，一首首地撫弄出喜悅的耶誕歌
曲，使這場聚會，更形歡樂難忘！

綠之戀

一身青翠明麗
妳歡愉地綠進來
猶沾寶島氣息
嫵媚明眸
盈盈晶落笑語

綠呵，總讓人舒暢心怡
可惜，我穿不得翠綠
只能屏息讚賞
帶著無法佔有的歎息

那年出詩集
忍不住對編輯示意：
「封面來一塊綠吧？是那種青幽的苔綠！」
書成，大弟去領取
越洋電話上透著驚喜：
「阿姊，那是我最中意的顏色啊！」

輪到我驚奇
顏色的喜好也遺傳麼？

我愛苔綠
尤其懷念寶島連綿的綠！

11/1/2013

網聊

登入一甲子
同窗伊媚聊
萬般皆下品
惟有養生高

6/15/2011

* 數月來，和學友們伊媚兒來去，流盪的主題不外是
  保健養生。再沒有比「留得青山在，黃昏餘韻長」
  更緊要了。

緬懷

學貫古今　博通三家　卓慧超群　耀凡世
名震中外　提攜無數　開智醒迷　長流芳

10/1/2012

* 驚悉學界一代奇才南懷瑾大師於9月29日仙逝中
　國，享壽九十五。其生平諸多闡述儒、釋、道三家
　著作，獨創融通之慧智見解，震撼學界，受益者無
　數。他重新肯定中華古聖先賢的不朽哲思與智慧，
　使迷失的現代華人重返傳統，功不可沒。歎乎！今
　人總是零落成古人；善哉其立言也，恆不消逝。

草嶺古道紀遊

盈綠台灣島　景觀真不少
新北宜蘭間　迂迴有古道
悠遠開發早　墾拓在清朝
碑石尚留存　撫字思古人

晚秋回台時　正逢芒花季
偕友共邀遊　同享健行趣
雨歇陰晴中　驅車去福隆
先享飯盒餐　養神再上山

初行較平坦　林氣送清爽
徑旁流小溪　急瀑聲潺潺
翠林密遮天　奇鳥鳴林間
昂首見長羽　飛掠棲悠閒

行行復行行　陣雨忽來襲
風雨交加中　小傘弱難敵
多謝戴詔一　背包供雨衣
保身再前進　振作登石級

途經魔碣石　雄鎮蠻煙現
一八六七年　劉明燈所題
雨歇續前行　石階難勝數
終抵休憩區　歇坐吃柑橘

山勢漸高陡　奮抵虎字碑
風狂加雨驟　縮躲虎碑後
碑石穩如牆　暫擋狂風吹
往上達埡口　山凹風狂吠

遠近芒成片　白花浪翻飛
蒼茫視野闊　登高小宇宙
盡興回歸途　下坡一身輕
歷盡難中難　欣覺不虛行

日暮返士林　歇餐喫茶趣
雅致妙裝潢　滿牆蘭亭序

熱食加熱飲　共憶草嶺行
壯遊添溫馨　感謝高瑲吟

11/27/2014

* 我於今秋11月5日晚抵台代表外子參加其台大外文
系畢業五十周年慶活動。之後於11月18日邀外文系
嬌娃辛意明和其詩翁夫婿陳興漢一道隨好友高瑲
吟、戴詔一夫婦同赴草嶺古道。此古道全長8.5公
里，貫穿新北與宜蘭之間的草嶺而得名，為目前台
灣僅存的清代古道之一。「雄鎮蠻煙」魔碣為台灣
總兵劉明燈在同治六年北巡，經草嶺山腰遇大霧而
題，以除瘴氣。其上的虎碑亦為劉所立所題，用虎
擋風也。此行正趕上其芒花季，沿途古木森森，溪
水淙淙，十分清幽。視野遼闊處，芒花成片，如浪
翻飛，蔚為奇觀。回程赴士林「天仁茶莊」附設的
餐廳「喫茶趣」，入內見一整面牆是王羲之的淋漓
書法〈蘭亭序〉，相當雅致！

草莓宴

紅豔繽紛堆如山
任君飽啖慶狂歡
黑袍飄飄驪歌日
記取校恩浩瀚時

5/15/2010

* 田州納城的范德畢爾大學（Vanderbilt University）
  在畢業典禮後，按其多年傳統，招待所有家長學子
  們盡情享受香檳草莓宴。是日豔陽高照，人潮沸
  騰，在涼棚內暢享大盤清甜多汁的紅草莓，歡欣難
  忘。這昂貴的私立大學提供了小女艾梅四年的全額
  獎助金，怎不校恩浩瀚？

薪傳

一曲冰輪初轉騰
幾回玉兔又東昇
貴妃醉酒長流盪
雛娟明日麗嫦娥

1/23/2015

* 長江後浪推前浪，轉眼，京劇大師梅蘭芳的小公
子，亦是梅派傳人梅葆玖先生也已年過八十。昨晚
在 YouTube 上觀賞他在中央電視台之諄諄善誘，細
細指導數位眉清目秀的年輕學生如何正確唱出《貴
妃醉酒》中的選段，從「海島冰輪初轉騰」到「奴
似嫦娥離月宮」。想飽藝之士終有遲暮時候，怎
不及時傾囊而授呢？無數凋零無數春，這就是人
生呵！

蘭馨

娉娉婷婷綴窗前
芳容相依如玉仙
原是山中高雅客
竟承餽禮謝師緣

1/19/2012

* 歲末承中文學校家長合贈一大盆數呎高之白蘭，
　六、七朵緊偎，芳潔雪白，如七仙女，亭立聖誕紅
　旁，更形幽雅脫俗。平生首次養蘭，幸甚！

詠

——賀劉北歌曲集《故鄉的樹》成書

一九四九動盪多
生離死別淚成河
滄桑海外夢回首
魂斷故情流雅歌

6/27/2013

* 可有上一代的華人未歷經動盪的1949？可有親情未
破碎？可有家園未炸毀？多少悲憾的淚水，無鄉可
歸？旅美多年的劉北教授以其感性的詩心和旋律，
先後譜出了21首動人的歌。除了以1949為轉折的
〈故鄉的樹〉，其音樂情懷還涵蓋：慈母經常朗誦
的〈秋蝶〉詩、老友夫人的〈超越〉詩、李商隱的
唐詩、〈告別東海大學〉詩、悼念五叔去世的〈永
別〉詩、懷念台北詩、農家苦樂四季詩等。最後
以一組7首的〈哀江南〉為壓軸，因他童年住過南
京，住過這三百年前曾因明亡而殘破淒涼的南京，
他將孔尚任寄情《桃花扇》的哀淒，一首首地賦予
音樂的生命。

　　何其有幸，能親炙到一位在法、商、數理等諸
多本行外，還流著音樂靈感的教授！

謎

浩瀚茫茫搜海空
馬航班機杳無蹤
迷離撲朔史罕見
科技難償親情濃

3/20/2014

* 近兩週來，在3月8日凌晨起飛、載有兩百多名乘客的馬來西亞航空班機MH370至今下落不明，已成世人關懷矚目的焦點新聞。從起點吉隆坡到目的地北京，眾多接送的乘客眷屬正日日懸心焦候，已從痛不欲生到崩潰邊緣。當駕駛員的心態隱入尖端科技中，使飛機的出軌動機和過程更形離奇曲折。無論何時水落石出，驟然襲來的喪親之慟，恆難慰藉貼償呵！出門旅遊能一路順風，是多麼值得感恩珍惜！

豐收
——賀許月芳女士辦報十週年

2004年在雨蓮家
我將作協會長的頭銜交給她

我們一群人來到樓下
欣喜地流覽她家的優雅

她熱切地引介兩位貴賓
一位滿臉帶笑、來自DC的女子
剛接手此地一家報紙
身旁一位儒雅男士
即正在為她忠誠供稿的班底

聽她提起　她愛文藝
寄望她掌理的報紙
將有一整版的副刊呈獻
我們歡欣交流　展望前程

「一整版呵！可能嗎？」
我內心難以置信的驚奇……

一晃十年　可不是？
一整版的亞城園地！
如此豐盛的奇蹟！
她做到了！！
只是這十年來的辛勤投入
只有她自己歷經
其間的酸苦溫馨……

2/6/2014

豪傑

哈佛豪生一夕紅
叱吒籃下掀旋風
挫折橫逆不勝數
有志竟成華夏榮

2/20/2012

* 美國NBA紐約尼客隊的華裔球員Jeremy Lin（林書
  豪）從2月4日起連續七場的超異精彩表現，已披靡
  全球，台港沸騰，再次挑戰洋人由來已久的歧華傳
  統。然「人不知而不慍」的君子，不知還有多少？

賞文

北宋黃州承天寺
月華積水空明時
竹柏搖影如藻荇
雅遇東坡成佳文

9/11/2012

* 近讀蘇軾〈記承天夜遊〉，深愛其至簡至雅，寥寥
　83字，卻成千古絕文。仕途坎坷中醞釀出的美啊！

赤純
——10/29/2011幸會黃春明先生

溫煦靈健行匆匆
翩抵亞城掀旋風
滔滔往事多跌宕
娓娓道來歡趣濃

10/31/2011

* 他怎會是七十七？他身手矯健，談笑俐落，一臉的
純真，滿腹的坦誠，敏銳的感觸，真摯的關懷。是
位親切的文人，可愛的藝術家，兒童的大哥哥。這
來自蘭陽平原的資深青年！

雅聚

暑天捎清涼
蜀客詩墨香
亂離惜國粹
中華文化揚

7/21/2011

* 7月20日承許月芳女士邀宴「一條龍」，送別來訪
  之四川詩人殷明輝教授。同席有徐匡梁教授、羽嚴
  夫婦和劉民莉女士等。大家談興甚濃，相聊甚歡。
  席上翻賞其贈給亞大新聞之詩集和巨幅墨寶。在簡
  字橫行的彼岸，他獨堅持以正體字出版，真乃濁世
  清流，一絲曙光！

雅

一份溫斂情懷的細緻包裝
它是禮貌的，藝術的
不同於做作
它出自恰到好處的真誠

8/10/2014

雙書雅成
──仰賀夏伯伯豐盈出書

藝文瑣記夢幻詞
凝鍊耕耘再成書
炫麗夕陽何所似？
中華文苑萬人師

8/7/2012

* 8月6日晚，承夏伯伯以福壽高齡，在賢子孝媳擁簇
　中，采興蒞臨，饗宴賜書，朗聲招呼。豐食美點，
　同席共歡，文友雅集，笑談淋漓。今夕何夕？當恆
　記取感激。

雪吟

大雪封山氣象新
如煙往事碎晶瑩
滄桑人海故緣散
重整精神續舊吟

2/14/2010

* 2000年底亞城大雪，此間詩才徐昭漢君倡聯雪詩，
  一時淡然、高優鍔、久彌、黎而復等皆先後響應，
  以「大雪封山氣象新」為首句各展才華，刊在《華
  聲》報。是時余初涉詩門，才疏學淺，也有幸受命
  應景。而今昭漢君已遠走異邦，社區報《華聲》也
  已不存，又逢大雪，悵憶過往……

餘痛

——聆董教授析龍應台之《大江大海》
有感

一九四九大變遷
國仇家恨震翻天
血腥戰火驚猶在
萍居異鄉訴當年

2/2/2010

* 這史無前例、動盪翻騰的大淪陷，正是「天長地久
有時盡，此恨綿綿無絕期。」

餘暉

時人尚養生
銀髮如壯年
漸褪雖難免
樂天近神仙

9/8/2013

* 斷續埋首數週，總算看完台灣作家簡媜今春新作《誰在銀閃閃的地方，等你》。她以「散文的眼睛」聚焦於台灣銀髮族之加速膨脹所引發的種種問題，將人生四大關「生老病死」中，人人諱言的後三關，以悲憫之遠瞻，做理性的剖析和感性的描繪。四百七十多頁大書，讀來令人悽悽無奈；卻不得不承認，那即是人生的真相，不因我們迴避而消失，無論如何，仍得泰然面對。她理智而慈悲地希望人人做好心理準備。所以能健康地「活在當下」，是多麼值得感恩！盛衰生死，原為生理的自然起伏；與其憂心忡忡，未若開懷坦納，舒心隨變，就是人間神仙了。

驚悼

一日平安一日恩
明晨順逆歸依神
天機浩浩誰能解？
眾類微微任風吹

佳友攜兒擬遠行
忽聞慈父異鄉崩
晴天霹靂悲難禁
夢寐聚遊頓成空

夫君違和再添愁
玉心芳魂多摧折
困劫重重終淡遠
坎坷歷盡是平坡！

4/4/2010

* 她與先行回台的父親約好，將帶子同赴上海與之會
合共遊。未料其父在台忽得肺疾不治，神州之旅徒
成失怙之慟……

驚讚
──拜讀11/26/2010高優鍔君提高羅佩

是莫札特？
是鳩摩羅什？

區區五七年華
如是輝燦多彩
深入琴棋詩畫
廣攝漢唐精華

來自荷蘭
卻博曉十多語言
幾人能夠？

巡駐各地
始終離不開毛筆
集義齋、尊明閣
比華人還要「華」

是千百世來
凝聚出的那份
摯愛中華？

11/30/2010

＊細讀高文後，曾參閱《當西方遇上東方》一書，書
　內對漢學家高羅佩亦有相當詳盡的描述，兩相印
　證，殊為曠世奇才也。

情懷篇

五月之憶

飄絮的五月天
不禁想起那一年
隻身北上沾薰
兒子畢業禮的古典莊嚴

康州的春晨　清涼沁人
飛絮滿天　落得滿頭滿肩
多少喜悅興昂的家眷
一批批急步趕赴
露天的隆重盛典

好滿　　好滿
我只能倚靠有蔭的邊緣
不顧落絮拂了一身
遙望前方的大典

悠悠驪歌奏起
令人心魂神牽
十二學院的雄偉旗幟
威風凜凜地循序飄入
多難忘的肅然動人場面
在這近三百年的古雅校園
一晃　竟已遁去了將二十年

5/12/2014

偶得

千苦萬愁都為執
湛然放下心懷舒
瞬息人世匆匆過
柔賞幻塵皆是詩

8/14/2012

冬憐

紐英倫區冬怨長
頻頻暴雪屢遭殃
漫天蓋地窮奮戰
應羨佛州暖天堂

1/27/2011

＊電視報導，美國東北區雪患連連，不禁心有戚戚
　焉。過去在北康州疲於和雪周旋，而南遷邁阿密。

動盪

風聲鶴唳頻槍擊
草木皆兵何處去？
愛的教育不容緩
安撫人心為第一

9/20/2013

* 這是什麼世界？槍擊濫射案一椿又一椿，越來越頻
  繁。華府的槍案喧騰得還未平息，又殺出芝加哥的
  槍案，又一群大人小孩無辜遭殃。心中之瞋恨一旦
  爆發現形，何其可怕！一點星星之恨火，真的可以
  燎原啊！相信許多作案者在成長過程中缺乏了應有
  的溫暖關愛，尤其是母愛吧？可嘆今天多少媽媽還
  得職場奔忙。撥點時間留意子女吧！可知道他們心
  中在想些什麼？

匆匆

別問我今天星期幾
明明好像是星期一
它卻瞬間逃逸

別高興熬到週末可休息
轉眼週一又進逼

不知手中可抓到的是
星期幾？

只能
無住生心
隨它去

9/16/2013

四十年，白薑花香

在悠遠的七十年代
羞迎他初次返台
為何個拙厚男人
竟送來一小盒迷香

暗苔綠、半透明的盒身
覆著粉紅、水藍、鵝黃交纏的多彩盒蓋
中央橫出一道白
托出銀色的英文：
Avon Hawaiian White Ginger Cream Sachet
呵！是夏威夷白薑花香
開啟，沁心濃馥撲鼻襲來

是那悅目多彩的畫，抑或暢心怡神的香
誘我來到美洲大陸，遠離育我的家鄉
多少挫折驚慌，多少調適迷惘
磨出今日這般，再不似過往

只是
粧台上這盒已空的迷香
竟仍封存著一縷幽揚的薑香
都四十年了，猶香魂未散……

1/5/2014

回思

豐衣足食六十年
寶島台灣美利堅
無有戰爭無饑饉
天恩浩瀚慶綿延

3/24/2014

* 當我駭讀龍應台的《大江大海》，當我重溫《飄》
 中的戰爭蹂躪，多麼慶幸自己，出生於戰後，一直
 成長於安定小康的環境中。從寶島到美國，一路順
 安，未經亂離困乏的鞭撻。縱然自九一一後，美國
 景況在下坡路的起伏中一直未見明朗，物價日昂，
 能源帳單節節高漲，然回顧過往，多麼值得感恩！

夏日譯詩

推敲兼細想
竟日譯詩忙
外文成華語
舒懷枕夜涼

6/22/2011

平常心

不浮於喜樂
不陷入哀愁
不偏向疑妒
不轉成恨惱
不隨波逐流
也不憤世嫉俗
平波無浪
涓涓細流，寧靜致遠
宛若無心，正是禪心！

1/9/2012

* 棋壇大師吳清源勉其門生林海峰，僅此三字：平常
  心。在這繁複多變的大時代中，人人都應懷著此
  心，以活出舒坦。

年語

憂喜交纏滿世間
剎那生滅又新年
飛黃騰達非吾願
林密山幽愛晚閒

1/8/2013

按：次句第二字讀「挪」。

思歸

她回台去了
他也回台
一時
鄉愁襲來

抬眼
這美國的秋
斑駁黃漬
蕭瑟地狼藉窗外

熬過隆冬
盼到春暖花開
我也想
回台

11/12/2009

悵傷

紐約驚爆屆十載
當年震撼今猶在
因讀童詩心遷痛
破壞空留萬古哀

9/11/2011

* 偶讀一首九一一的童詩〈爸爸還沒有回來〉，令人
  心痛！出於敵恨的暴行，豈是十年歲月所能抹平？

The Pain of a Decade

How could you ever forget?
On that dreadful September day
When the grandeurs turned into wreckages
When hatred charcoaled numerous hearts

May those thousands' souls
Which have been well blessed
Have peacefully rested
In their love ones' hearts

Though the shocked bitter
Is still lingering in Hudson River
And all Americans are triggered
To be even stronger ever after

9/11/2011

悼劫

悍狂風雨襲美東
滿目瘡痍陷水中
浩浩天怒何能擋？
重整凌亂哀痛長

11/1/2012

* 世紀強颱珊迪剛於萬聖節前狂襲美人口稠密之東北
　岸，這超級嚴重水劫風災，何從收拾？痛！痛！

感時

蕭瑟滿秋窗
倏忽逼歲關
遙知葉落處
剎那水仙黃

11/16/2012

* 日子來去匆匆，快得令人喘不過氣。何時在不斷生
  滅中，去感覺到「不生不滅」？

憐

省吃節用淡悠悠
紅薯芥菜勝珍饈
遙想東瀛災民苦
一顆米飯一顆愁

3/21/2011

* 今春，天怒席捲日本本州東北多處城鎮。約35萬災
  民饑寒交迫，流離失所，微量配給實不足以果腹。
  在平安角落的我們，又何忍求奢？

晨馳

黑漆天未光
驚見車潮狂
歷盡謀生苦
夕陽歇夢鄉

2/1/2015

＊日前為赴清晨六點半之約，不到六點即上高速公
　路。沒有預想的空曠，卻驚賭車燈如流，忙碌馳
　奔，多辛勤的上班族啊！捱到有朝一日退休下來，
　應可悠閒地享受夕陽時光吧？

晨寂梵音

眾皆沉睡我獨醒
清晨開燈抄佛經
勝比新聞亂擾擾
莊嚴金燦如來音

6/7/2011

* 拜「時差」之賜，清晨四點就醒來，精神奕奕，在
  燈下抄起《華嚴經》。句句威智，甚深微妙，梵喜
  充滿。

月夜思

秦時明月漢時關^{（註）}
科技人類征月還
掘土插旗終棄守
銀輝依舊入松窗

9/1/2012

註：唐王昌齡〈出塞〉詩首句。

* 美國雖因經濟蕭條而大大收斂太空計畫，然無以倫
  比的好奇心已棄月而向火星進攻。當全球人類振奮
  於近窺到火星地形時，對於寧靜的浩瀚宇宙，倒不
  知是喜是憂？

歲月

你的名字是滄桑
任憂傷與歡樂糾纏

顛沛起伏都遁成蒼茫
點滴笑語仍心田盪漾

回首
已織出一幅人生錦布
百色雜陳
斑斕

12/28/2013

節思

紅霞暮天遙
晶月圓松梢
感懷異鄉淚
明日是元宵

3/4/2015

* 暮色暗沉，急離案外出。西天仍有數抹將褪紅霞，
回首東邊，驚見一大輪晶月低懸松樹梢，差點牽出
淚來，明天不就是元宵嗎？來美四十多年再沒嚐過
故鄉的過年滋味，更別提那過年的壓軸——元宵節
了。彩燈輝煌不過絢麗在回憶中呵！

濤

萬惱交侵任滾滾
心如荷葉不沾塵
清明果敢迎人事
雲淡風輕了無痕

1/13/2014

* 自從12月初家中電腦聯網換成AT&T U-verse，隨後三週煩惱不斷，每逢午後即斷線，既無電話也無法上網，惱透家中兩個女兒。又即將迎接回來過節的大兒子、小女兒及其男友等一票人馬來，他們身邊的「科技產品」不知有多少？這還了得！幸而經過AT&T多批技工來此內外搜查檢視奮鬥，總算在賓客抵達前安穩下來。接著發現洗衣房用了20多年的洗衣機漏水，偏慣用的長工David遠在北方度假未歸，只得取得大家諒解，儘量少用，耐候David回來解決。

　　人生哪得事事順遂，只要有面對的勇氣去冷靜處理，不斷地過關斬將，才是人生的意義吧？不禁想起前院蘭惠送我的一缸荷，那昂然迎天的田田大圓葉任由風吹雨打，竟都打淋不濕，葉面爽韌得很，人心當如是吧？

獨飛

向來成雙作對
我的寶貝翅膀
由殷商到漢唐
由宋明到民國
縱經扭轉曲折
始終親密偕合

豈料多嬌神州
忽來劊子手
只因嫌繁
竟將我一隻羽翼
整邊斬去
不理我
和其他上千遭劫者
的哭號飲泣

僅剩染紅的孤翼
要我在十五億的手中
掙扎飛起
學而時习之，不亦苦乎？

11/27/2009

＊對「習」字簡化的感言。

瓶花

無根浸水中
拘來為妾容
嗟怨誰知曉
青春轉眼空

5/21/2014

秋心

日麗風和誠可喜
灰濛細雨亦淒迷
人生起落悵難免
清澈蓮心是歸依

11/20/2011

秋悟

之一

春、夏、秋、冬
　　成、住、壞、空

秋，原是衰敗的景象，卻
「敗」得如此淒美、如此絢爛
像辭世前的迴光返照

她歷經春的成長、夏的茁壯
孕出了圓潤豐熟
她的葉兒在風中片片飄零、抖落
凋萎的過程如是繽紛、炫目
施捨的精神如是感人

假如「空」是萬象眾類之所歸
又何苦汲汲營求

再悵悵痛失？
心安理得，隨來隨去
「放棄」原是如此地美麗！

9/16/1992

之二

出盡鋒頭的葉子
終將掉落
唯有默默的深綠
忍過寒冬

11/18/2012

秋情

浩浩白雲巍巍松
秋涼時節更添楓
轉熟豐季方繽爛
珍享夕陽愛晚紅

8/20/2012

* 在早涼漫步中，抬眼望空，見白雲綠松，遙想秋臨。

綠願

年來災禍何其多
科技人類應回頭
點滴愛心匯大海
節源減碳開清流

12/28/2011

* 回顧2011，毀滅性的地震、海嘯、核洩，無比頻繁
  的暴風雪、龍捲風，各地的水患、旱災、森林火
  災，加上埃及和中東諸國的動盪不安，天災人禍交
  相肆虐，真是不堪回首，但願還未到世界末日。人
  類若能善用科技，而非濫用科技，有減碳、環保的
  共識，不再加速摧殘這原本豐饒美麗的地球，心懷
  綠野，仍有一絲希望吧？

舒困

日日抽閒抄華嚴
行行清淨解脫篇
悽悽惶惶眾生苦
祈願一絲曙光現

8/18/2011

* 這地大物博、一向稱雄世界的美利堅，已不美不
  堅；其泡沫蓬勃和虛偽富有，正面臨嚴重考驗。過
  去的優裕已成強弩之末，尋常百姓將面對通貨膨脹
  與經濟蕭條的交纏擠壓……但願天無絕人之路！

誠禱

幾家歡樂幾家愁
人世苦難何其多
心平氣和迎動盪
千聲菩薩萬聲佛

1/4/2015

* 最近聽聞不少「無常」，想「明天」是如此難以逆
  料，還不提每日得面對的瑣碎煩憂。在平安無事、
  健康順暢時，固然得珍惜感恩，縱有漣漪紛擾，仍
  得沉穩以對。人類只要心懷良善，自有天佑呵！

郵變

閱報不如看女裝
年來消褪滿篇章
快達平信成歷史
應變如常心清涼

12/6/2011

* 美國郵政五年來已陷入赤字危機，其局長於12月初
瀕臨崩潰時不得不宣布四十年來郵政史上最重大的
變革：明春起，平信再無法次日抵達，而得兩天，
其他順延。現在看報的快樂來自亮麗的女裝廣告，
其餘都是令人心皺的緊縮紛擾。

隨逝

庚寅漸行遠
心上無縈牽
腦中淡曆日
寒末不知年

12/31/2010

* 過去常依戀歲月，不捨其遁離。其實，再多迷情也
　挽留不了，何如隨其來去，輕安自在？人生原是動
　態的電影，不是靜態的畫啊！

隱憂

油價上升百貨昂
預算屢斬民遭殃
縮衣節食迎萬變
期盼平安度難關

2/25/2011

* 中東動盪，油價扶搖直上，各行各業緊縮。我們的
  經濟何時正常健康？

震思

驚天動地滿週年
大和民族境堪憐
前世坎坷應滌盡
芳櫻芬綻又春天

3/1/2012

* 難忘去年3月11日，這日本國土重創與國運改寫的
一天。但願過往多少恩怨已震消如煙，這無辜有禮
的下一代應可拭淚，再優雅迎接平安神宮紛垂的紅
櫻……

松窗絮語——藍晶詩集

自然篇

中城冬夜

點點昏燈綴道旁
飛馳車輛穿梭忙
伸天群樹撐黑幕
細雨濛濛罩暗窗

1/21/2010

* 某晚停歇中城路旁等候女兒下課。

仲夏

碎紅紛白綴枝梢
纍纍紫薇領風騷
間歇細雨黃昏後
蟲唱唧唧螢火飄

7/26/2013

* 自從在夏伯伯文中讀到紫薇花後，就開始留意這盛
  夏長開達三月之久的百日紅。路過趨近細瞧那紅白
  花串，其扭曲細碎之美，真是嘆為觀止！想造物之
  妙，有厚大如木蘭花瓣，有細微如紫薇花絮，各秉
  其神韻仙姿。
  　　今夏迥異於前數年之乾旱燒烤，竟頻頻落雨，
  沖淡不少暑氣，處處滋潤得更為濃綠，還不時有舒
  爽涼風，送來花香草香。黃昏閒遊，蟲鳴蛙噪喧鬧
  得殷勤，偶有螢火明滅，好個夏日風情！

匿

山峭林深深
雅屋隱世塵
借歇一夜否？
幽氣沾滿身

6/18/2013

* 近來的清晨遊園，常愛多走些路，遊去好友鳳英以
前的住區，我在心中稱它「鳳英區」。這裡不似家
屋附近的輕緩起伏，而是地勢陡峭，大起大落的山
區。居然，當初的墾民不畏艱難，仍然費盡心機，
巍顫顫地硬在陡直山腰間，上下羅列地嵌入民屋無
數。漫步其間，往往一邊的屋子高高在上，而另邊
的卻深陷路面之下，其車道不是上爬向天，就是下
墜深淵，令初睹者膽戰心驚。這些「奮勇的」房
舍，倒也安匿在此深山中逾半世紀了吧？我是膽怯
得絕不敢在此區當女主人，光是瞧那些車道就令人
驚魂。但每在清晨路過，俯望路面下的山屋，偶會
突發奇想：這些前院巧心獨運、眾花爭豔的雅屋，
其後院倒完全敞在大自然的懷抱中；假如它是民
宿，假如在此待客，相信客人會暢享到喬州林木之
美。若開窗夜眠，與林互通聲息，是多美的森林
浴！晨起高臨後院陽台，山風徐來，蓊鬱滿懷，聆
鳥語嘰喁，溪水潺潺，在享受女主人的精美早餐
前，已神清氣爽了。

囚烤

不能開窗戶
是最大的痛苦
成日悶在冷氣屋
任戶外燒得如火如荼

這原本美麗的大地
卻愈來愈烏煙瘴氣
無知貪婪的人們呵
還在對大地
作無止盡的榨取
終於
弄出一海洋的油膩
清都來不及
地球媽媽在傷泣……

是天父大為震怒？
將眾生關入

大自然的烤爐
調上九十五度……

何時再涼風輕拂
何時再甘雨柔梳
我們過去　多麼享福

7/24/2010

* 四月間BP在墨西哥灣的嚴重漏油案，一直喧騰得揚
　揚沸沸……

夏居

蟬聲一浪接一浪
放懷休閒夏日長
不愛開車惹煙惱
夕陽晚風入詩窗

8/4/2012

思螢

記得當年遷亞城
夏螢明滅綴林間
倏忽廿載匆匆過
螢火寂寂遁如煙

7/12/2012

* 1989年7月中旬剛遷來亞城時，晚間常帶女娃兒們
  出外散步納涼，螢火點點，繁亮穿梭。她們伸出小
  手，就可兜住一大把……而今在生態環境的加速
  污染中，別說點點螢火，連蜂飛蝶舞，都漸漸難
  覓了。

早暮

正忙餐食
妳那瑰麗的雲裳
已悄悄消失

等我
披上外衣去尋妳
已是暗沉黑漆
只　　昏柔的早燈
沿街盞盞亮起

彷如
《千江》中的
漁港街燈
是一排珠釵
別上了天衣

11/22/2010

早春隨語

乍暖還寒三月天
水仙盛開待杜鵑
偏逢世局正動盪
祈願安福滿人間

3/5/2011

* 北非利比亞繼埃及之後，正暴動不安，亦波及中東
  諸油國，讓全世界捏把冷汗。在明媚的春天鬧事，
  多蠢啊！

春暮

白粉茱萸飄落絮
杜鵑黯黯欲別離
莫嘆春殘花事了
含情玫瑰露嬌迷

4/15/2011

春到

漫步描春又一年
輕紅依翠春如煙
飛揚黃粉眾人惱
幸我無妨樂自然

2/8/2012

* 今年溫潮的暖冬，使水仙提早吐黃，連後院的杜鵑
也點點含苞露紅。回想去年春天在紅粉花樹間的漫
步，曾擬出「核洩烽愁隨它去，輕紅依翠春如煙」
之句，竟又一年！

春感

春寒料峭迎晨曦
軟語柔音眾鳥啼
北地何堪風肆虐
河清人壽可有期？

3/4/2012

* 美國在去年春天飽受龍捲風凌虐，驚魂甫定，今
  春同樣的災難又來。時速高達200英里的超級龍
  捲風，在3月2日從墨西哥灣直撲東北，橫掃到五
  大湖區，已將印州的Maryville夷為平地，鄰近的
  Henryville也嚴重受襲，塌碎凌亂，慘不忍睹。區
  區科技人類，又何曾是天怒的對手？

春曉

鳥語嘰啾透綠窗
頻頻催我看晨光
黃白點點春意醒
猶待杜鵑添紅粧

2/22/2012

春色

喬州春來豔無邊
雪粉茱萸迷杜鵑
蓊鬱森森多起伏
繽紛仙色媲桃源

3/5/2012

春訊

溫冬潤雨細霏霏
連日濕潮喚春回
紅碩茶花麗初透
青蔥水仙忙露頭

1/17/2013

* 久違的霪雨，連日啜泣，淅瀝不息，潤出了遍野的
　綠和生機。它誘出茶花展豔，誘出水仙冒頭，還誘
　出了我家後院第一朵瑰紅杜鵑。

春遊

輕盈春景悅心開
紅粉佳人又歸來
歷歷鶯聲紛啼曉
茱萸仙境入詩懷

4/6/2014

* 好個鳥語爭鳴、杳無車蹤人跡的週日清晨！曙光初
　透，晨涼似水，我又遊入久未涉足的陡峭山區。驀
　然驚覺，諸多點點成片的雪白茱萸已穿梭添入了這
　高低起伏的幽林山谷，綴上冬眠醒來的各色杜鵑和
　花樹，這份飄逸旖旎的春景，無詩也難！

春遲

寒冬漫漫春來晚
前院水仙乍吐黃
半醒茶花仍慵懶
團團紅顏半羞藏
園中新客風信子
串串雪白串串紫
最是迷人疏枝上
輕紅淡粉麗添妝

3/29/2010

＊　　＊　　＊

瑟縮三月天
寒氣仍流連
雪患驚猶在
稀疏亮水仙

3/7/2014

春雨

雪白茱萸又上妝
香濃黃粉密飛揚
及時甘雨濛濛落
洗盡鉛華送晚涼

4/8/2010

春鳥

春濃瀰漫日
豔鳥亮高枝
顧盼無垠綠
紅裳舞麗姿

4/11/2013

* 春晨漫步，花粉濃罩，徑上人跡稀少。忽見溪畔翠
　林中，亮歇著一隻紅鳥。旋即展翅，靈動穿梭，在
　厚粉飛揚的春景中。

晚秋

秋陽斜照晨風寒
萬里無雲天湛藍
紅豔澄黃紛紛落
孤留空枝待銀粧

11/10/2010

晚霞

紅艷抹西天
凝眸醉流連
低頭入彎路
回視瞬如煙

1/19/2015

* 女兒偶在黃昏拉上窗罩時,會對我嚷:"Mom, it's a
 sunset outside! "今天又聽到她「報佳音」,於是二
 話不說,切斷電腦工作,披上大衣,即刻出外逮晚
 霞去。呵!前後院已染上一片紅暈,抬眼西天,水
 藍加桃紅,艷不可言,是上天揮抹出的最美彩作。
 一俯首,一轉彎,再返身回眸尋覓時,她已收斂暗
 沉了。逝者如斯乎!

晨霧

晨起，開門外出
怎麼？疏林深處，若有若無
是了，是罩了一層紗霧
恍如國畫中的煙嵐飄忽

哪管雪剛融
哪管欲雨濕濛
在寒氣瑟縮中
攜了透明傘
漫步興沖沖

兩旁冬林灰寂，鳥語輕喟
想起一首童詩
霧呵！是天上的雲
下凡了

1/18/2011

晨寂

聖晨漫野寂
寒氣鮮無比
老美酣節日
惟聞冬鳥啼

12/25/2014

* 平安夜後的耶誕晨，我如常早起出遊。迎面是無比
淨潔的鮮涼寒氣，周遭是難得的寂靜安寧，人和車
都「窒」在家中過節，只有稀疏鳥語，零落點綴。
我已先「拆」了大自然賜予的珍貴禮物。

晨步

微曦漫輕嵐
晨氣滿林香
枝頭鳥語落
消夏趁早涼

7/26/2012

晨沐

秋晨微雨後
拾徑入林深
遍覽幽山景
凡心浴感恩

10/28/2013

* 濕潮小雨，潤得秋晨更潔淨，更清涼。八點多了，上班族車輛漸稀，朝陽因雨仍斂正好行。兩旁是百賞不厭的林翠花紅，綠溪徑旁那叢熟悉的紅薔薇，如善於保養的女人，從春暖直豔到秋涼；往上坡邊那兩叢梔子花，早過了她芬白飄香的時節，竟然硬撐到秋葉將紅，這些不願老去的「花精」呵！連楓樹的翠葉兒也在撐綠，都十月底了，尚無轉紅跡象。放眼林木森森，群綠環山，忍不住感謝造化的雄偉神奇。這份歷歷景緻中的鮮潔，是我最美的早餐！

晶瑩游

通體透明無臟鱗
飄飄玉帶舞裳雲
亮睛張口領頭鑽
晶泳龍宮添麗觀

12/5/2012

* 佛州小弟電傳YouTube《透明魚》，真是海底世界
　的神奇！一長尾透明帶魚，在珊瑚、海草眾類間，
　自由透明來去。那份飄逸游移間的剔透嫵媚，大概
　是「無我」的最高境界吧？

暮春

瀟瀟風雨百花殘
綠蔭深深鵑紅亂
久眠薔薇乍醒轉
晶瑩嫵媚亮紅妝

4/25/2010

曉月

朝出望遠方
天色半蒼茫
晨風涼似水
玉月淡如霜

8/3/2012

* 農曆6月16日晨外出迎圓月。

月蝕

昨夜圓晶瑩
今朝玉貌隱
由來一場夢
幻化在人心

10/8/2014

* 數日前大女兒就送來 email 加 YouTube 說10月8日
 一早6點多會有月全蝕，還可能看到紅月亮呢！今
 晨5點多起，邊準備做饅頭，邊思量著時候到了要
 出去瞧瞧。近6點時，抓著在揉的麵糰，忍不住來
 到前院，往西天搜尋。呵！昨夜散步仰賞的大圓晶
 月，果然已蝕去了大半邊，眼見著晶光就要慢慢消
 隱。這時路邊已有三五老美在暗黑中正屏息驚賭奇
 觀。在我手中不斷被拿捏的麵糰已該回廚房了，等
 不及那小彎月眉全然消失，我忙回屋內。今夜若清
 朗，再賞明月如霜。

杜鵑春色

淡淡的三月天
杜鵑花開在陽明山上
杜鵑花開在台大校園

春意沸騰於
姹紫嫣紅間
愈冒愈密
密得令人屏息

綴著椰林的筆直滄桑
她們年年亮出新裝
仙境的雪白　　奪目的紫紅
非得要你　　撼迷地讚歎
是否來到　　人間天上？

3/13/2013

* 近收台大校友自台電傳校園花景，驚豔而寫。

果豔

潮潮盛暑天
芒果價正廉
未剖先怡目
彩姿豔心田

9/4/2013

* 好便宜！在農夫市場。常一次捧回一大盒，回家排
　滿水晶盤。見它們一天天在轉熟，由青翠變嫣紅，
　待紅翠交纏得奪目如鸚哥時，已可淋漓暢享其蜜
　甜了。

濕秋閒步

一雨成秋催葉落
陰潮滿院影婆娑
紫薇紛萎無人掃
墜地橡實半空殼

9/6/2011

* 從六月初整整開到八月底的「百日紅」紫薇，終於
  禁不住秋雨，碎豔半凋，點點萎地……附近綠柳巷
  上，一棵高挺的橡樹，落了一地堅硬的小橡子，細
  瞧已泰半裂開鑿空，可不是利齒的小松鼠兒來光
  顧了？

無花果

黑沉飽滿臥綠籃
身價不菲在市場
欲取還休難抉擇
一向節儉又退縮

台灣水果琳瑯多
從未見它露鋒頭
因過東瀛偶嚐過
細嫩甜軟在心頭

9/5/2010

* 也不知它在日本有多貴？甜女兒貞妮慷慨大方，讓
我飽啖，是初抵神戶的難忘早餐。今晨在農夫市場
又見它，難免目光流連……

珍享

假日清晨幽
鮮潔好漫遊
暢怡森林浴
群鳥鳴啾啾

5/26/2014

* 連著5年的五月底，我都在台灣。今年破例留在亞
城過Memorial Day。愛晨遊者，最愛週日和假日的
清晨，難得沒有車喧污染。滿山遍野，綠意婆娑，
多美的洗滌！

秋實

瑪瑙翡翠圓
金秋葡萄甜
賞菊松林下
黃燦又一年

9/12/2011

秋盼

酷暑無窮盡
何時秋葉黃？
卻喜濃蔭裡
夜來送晚涼

8/8/2011

* 數月來受盡乾旱熱烤、日燄凌人，白天氣溫一直居
　高不下。黃昏閒步，總延拖到八點過後才敢出門。
　在流螢點點、蟲聲唧唧中，珍享濃蔭下的清涼。

秋遲

長夏有時盡
歡欣迎甘霖
盼得月圓日
秋涼沁秋心

9/5/2011

* 總算細雨霏霏，帶來久違的涼意。是中秋節近了
嗎？讓亞城苦旱三個多月的豔陽，終於收斂了。還
得「天階夜色涼如水」，才好匹配「一輪明月上中
天」呵！

秋霡

暗窗落秋詩
秋雨姍來遲
久違瀟瀟意
瀝瀝入心癡

11/16/2011

* 夜窗下夜讀，忽聞雨聲淅瀝。數月久旱，額外入心
　可愛。

立夏

暢日和風五月天
醇香飛絮落紅顏
杜鵑萎盡薔薇現
出水嫩荷綠田田

5/4/2014

紅菊

暗沉樸斂偎黃菊
姑且買她補園虛
停目細賞總不厭
猶如典麗旗袍女

9/16/2011

＊秋是蕭瑟的嗎？也可以亮麗吧？忍不住去逛一趟花店「捕捉」，一眼看上成片亮豔的黃菊。清一色的黃也是無趣，多少添些紅的吧！於是尋到數盆好樸素的暗紅，半似棗紅，半似豆沙紅（好像沒有姿色的女人，不好看哪），別無選擇，姑且買下。下種後，未料那難以讓人一見鍾情的紅，竟如此耐賞，百看不厭，高雅婉約如一身旗袍的淑女……

荷趣
——喜好友贈荷

碧綠田田在院前
晨昏探賞待紅蓮
多年癡夢終實現
水佩風裳似翠仙

7/28/2013

* 怎麼蘭惠會想起送我荷花？連著潮泥的一缸荷葉，
竟真的運到家門前！她說，會開出紅蓮。
　　一向，夢想著有一池荷花供流連。在邁阿密
時，曾不經意對公公提起，他老人家寵我，順口
說：「就在前院矮牆內，圍出一角，灌水就是
了。」節儉的婆婆倒不以為然，率直說道：「後院
就有大湖，何需荷花池？」老爺子更無花趣，於是
我匿起荷花夢，不再浪漫奢想，多年來只將她種在
心中……
　　感謝徐蘭惠和夫婿的一番功夫，「嫁」來個
「仙女兒」，讓我分享添趣。

蓮現

亭立綠荷引蜂來
芙蓉玉貌嫣然開
淨潔紅粉降塵世
般若仙姿污泥懷

6/28/2014

*「只有荷葉，沒有荷花啊！」去年夏天，對送我一
　缸荷的蘭惠提起。她說可能淤泥不夠多，要我今年
　多加些土。今年春天如法炮製，終於10天前喜見小
　花苞冒出水面，而盼到了今晨的嫣然開放，還吸來
　一隻大蜜蜂嗡嗡繞著。那微妙香潔的粉紅花姿，卻
　立根於濁水下的污泥啊！

裁詩

放眼自然如錦布
任由心手剪出詩
忝躋亞大報端上
未知合身無？

8/8/2011

貓臨

綠眼黃貓何處來？
登臨玻璃窗台外
軟彎嬌體添生趣
竹韻蘭姿共徘徊

3/8/2012

＊ 廚房餐桌邊大明窗外，已一片盈綠。窗台上有翠竹
盆栽，挨近一長串白蘭花。今日在遠近皆綠中，忽
來一隻黃貓，在窗外睇我。貓頭前覬著翠竹葉和蘭
仙女，好一幅春綠中的動畫！

辭春

白絮紅絮鋪滿地
茱萸杜鵑欲別離
慣見滄桑春來去
歡愁人世心寂寂

4/23/2014

送秋

楓豔匆匆轉眼空
繽紛萎盡待隆冬
盼得地凍天寒日
遊子歸巢節慶濃

11/9/2011

遊園

千金難換夜酣眠
早起清新萬物鮮
核洩烽愁隨它去
輕紅依翠春如煙

4/7/2011

* 這蓊鬱的住區，一入春天，就額外嫵媚起來。數不
  清的白花樹、粉花樹，在挺直高聳的綠松間，在密
  放如海的紅紫杜鵑上，輕綴如彩煙，裊繞出春的靈
  仙氣息……原來我住在不須門票的公園內，怎不早
  晚出去遊它、逛它？對於那沒完沒了的核洩以及北
  非、中東一國接一國的騷動戰爭，已無力煩憂了。
  且讓心歸春。

醇夏

綠蔭漫村家
薔薇豔如霞
醇香滿詩句
回首金銀花

5/24/2014

雨歇暮遊

難得陣雨消長夏
小徑漫行獨聽蛙
遍野濕綠涼風起
昏燈盞盞媲晚霞

7/18/2012

雪晨

小寒過後冬正濃
迅雪夜襲遁無蹤
未見絮花漆黑舞
皚皚晨野又銀冬

1/10/2011

* 元月6日是農曆小寒，亞城在1月9日夜，雪流再度
  來襲。晨起，已是遍地銀妝。積雪之厚，自1993年
  來少見。

霑恩

潮潮夏日潮潮冬
親地知天屬老農
雪霧晴陰皆天象
無災溫潤感恩濃

12/29/2013

* 好個豐沛多雨的冬呵！竟然三天兩頭地淅瀝，昨晚
甚至連著滂沱，教人整夜和雨聲纏綿。記得今夏因
多雨而影響農作，我們嘗到了被雨水餵大、卻淡而
無味的肥碩水蜜桃。《亞城憲報》記者訪問一位種
桃老農，對方搖頭無奈地說：「有多雨的夏，必有
多雨的冬！」不是應驗了嗎？幸而喬州的雨，還未
嚴重釀災。

　　沒有兩天的氣候一模一樣，每個清晨，都是一
番驚喜、一股清新。或雨、或晴、或霧、或陰，上
天是萬能也是萬變的藝術家，讓凡人領受、感恩。

驚月

晶圓玉盤亮松間
世人爭睹碩華顏
稀世奇景今得見
爍爍銀輝伴夜眠

3/20/2011

* 今年3月19日（農曆2月15）正逢十九年來巨月臨
空，與地球只隔35萬多公里，額外晶亮難忘！

驚蟄

夜雨夾雷震春眠
村農何處待耕田
廿一世紀忙科技
節氣運行未變遷

3/27/2011

* 今晨在破曉前的暗黑中，大雨滂沱，迅雷隆隆，
  恰如早春之驚蟄（應為3月8日，亞城冬長，就延
  「驚」了）。遙想舊時農人對它之雀躍盼耕，今人
  聽到雷聲，只惦著電腦是否關機了。

親情篇

夜步

秋暮暗黃昏
黑林靜沉沉
夜空斜銀月
思母情懷深

12/7/2013

* 慈母已於今年春天往生。失恃情懷中，異鄉賭月，
  倍覺孤寂。

奔鄉
——2013年3/29～4/3返台奔喪

台灣啊！台灣
妳在多麼遙遠的地方
每次讓我坐機　　坐得
日久天長，地老天荒

到底要多久
纔能接近白令海峽
纔能飛越日本
回到心懷的故鄉

四十多年前
為何那般癡傻
膽敢貿然離鄉
飛越大海大洋
來到陌生的番語異邦

引得懸心的媽媽
不辭萬里迢迢
和我今日一樣
坐機坐得
日久天長，地老天荒
而滿懷愛心的她
竟前後坐了十多趟
是愛的偉大？愛的力量？

當她逐漸衰老，當她不再奔勞
換我年年　　過海飛洋
為探慈顏，為息懷想

而這回竟是
莊嚴噙著淚水
去面對她的遺照慈暉

3/29/2013 寫於Delta機上

憂禱

高齡老母猶殘燭
驚報頻傳氣如絲
生滅凋零縱難免
虔求天助再延福

2/17/2013

* 大哥來電，謂台北媽媽昏睡入院，他已準備先行趕
  回。我和佛州小弟忐忑不安，焦候台北的訊息。早
  訂了五月返台機票，怕屆時已見不到她老人家了。
  無常呵！莫此為甚。

My October Girl

Dear Jennifer, my October girl.
You're my only one
Who's born in a Taipei hospital.

You're supposed due in November,
Rather arrived early to be an autumn girl.

I suffered for two days
To greet your chubby face,
While brilliant Double-Ten
Was outside my lonely window
It's thirty years ago.

10/1/2010

* 以上靈感來的是英文，再翻成中文。

妮

貞妮，我十月生的小妮
妳是唯一
讓我在長庚生下的貝比
妳原屬於十一月
倒提早來看秋天的紅葉

為妳，我受難了兩天兩夜
終於盼到甜甜的妳

挪去了點滴
孤寂的黑窗外
是中泰賓館的國慶輝煌……

竟然三十年了，一晃

10/1/2010

* 1980年夏，懷孕思鄉而返台。未料因早產，在醫院
  折騰了數天，幸母女均安，一切平順。她生於雙十
  國慶前三天。

憶

在太平洋邊的九份鄉下
在那山腰上的家
榻榻米屋的前院
有一叢　　常開出大紅花
小小的我　　戲耍在花旁樹下

曾在樹下　　仰望著您　　二哥
徐徐吹出您的精心傑作
一瓶泡水的肥皂碎屑
一截空心草
一波波吐出五彩泡泡
一球脹得比一球圓大
在陽光下
晃旋著剔透的眩目麗彩
亮紫、寶藍、瑰紅、明綠……
我樂得拍手叫好

您才放了它
任它冉冉升空　　再觸地幻滅……

多彩的童年已如煙
吹泡泡的二哥
也已歷盡坎坷
塵滿面　　霜滿頭
滄海悠悠
何時我們再一道同遊
那山階逶迤的九份鄉下？

山腰上的家
雖已湮入成片的樓廈
至少我們可遼望
那永恆的太平洋
依然藍在腳下……

1/12/2011

新巢

小女電傳新居照
孤單書桌孤單床
白壁光潔無他物
小巧廚房待羹湯

悵然強歡誇清爽
孤鳳西飛適異鄉
往日多采溫馨繞
何如亞城舊閨房？

9/14/2010

* 小女艾梅遠赴史丹福繼續深造，遷入公寓。再不是
家中的大排格子窗、水晶閃夕陽、舞花窗帘、桃木
書案、舞花壁布、寬大軟鋪……

歸

東瀛長女今歸巢
重敘天倫往事遙
最喜隨我採辦去
穿梭廚下樂陶陶

10/25/2013

* 旅日多年的長女貞妮終於倦鳥思返，在九月底回到闊別六載的亞城家園，回到樓下她的舊閨房，那間夜晚熄燈後，可沿天花板四周閃出晶藍小燈，宛如綴著夜星的藍室。她的歡愉笑聲來了，她的細膩講究也來了：她不要百頁窗，已換上帶著透紗的白窗帘；她對空氣敏感，已添了日夜運作的淨氣機。她愛做點心、弄羹湯。回來一週就迎上她的生日，竟自己從麵粉、雞蛋調起，硬是烘出個裹上糖霜的雙層美味蛋糕，插上蠟燭，滿綴鮮花。她愛花，廚房餐桌上擺了一小玻璃瓶紫紅，電視間也多出一長瓶粉紅。她愛購買，我陸續地清，她也陸續地除，但同時會情不自禁地添，她愛煥然一新呵！她尤愛下廚房，極考究調味，首趟農夫市場，就喜孜孜地捧回二十多盒「好便宜」的各種香料，供她在爐上如魚得水地演練一番。巴不得遠庖廚的我倒藉此休閒，和她妹妹都享了口福。她的洋味煎鮭魚、香腸蔬菜濃湯、香料雜燴義大利麵等，都在我們的喝采聲中上桌。昨晚將要歇睡時，她仍在廚房調弄日式洋蔥煎魚片和味噌湯，她是夜貓子啊！

種菊

秋來逛花市
挑菊南園栽
悠然黃豔豔
不見淵明來

9/25/2013

* 數年前興起闢出的菊園，已愈發寥落，再開的
不多。今年重整精神，忙中抽空，跑一趟Home
Depot，捧回數盆含苞待放的。昨日清晨細雨，匆
匆種在前院，即得趕赴書香社。生活步調的緊湊，
竟難得去探賞悠然綻放的黃菊，種它倒為了迎接即
將由東瀛歸來的長女，那生於秋天的貞妮。

萬聖節的迷惘

從來不買糖
也從來不給糖
好勉強，好勉強
得迎接萬聖節晚上
於是　　年年葡萄乾
直到　　孩子們反抗
不得不退讓
隨她們去吧
糖、糖、糖……

那年
愛美的妮　　一身新娘紗裝
好動的麗　　全副牛仔打扮
有著一頭濃密黑髮的梅
是白雪公主模樣
三姊妹聯袂出門
回來提得滿滿

梅在甜食堆中　　挖出個蘋果
「媽咪，有毒嗎？」
「白雪公主，別吃吧！」

不提糖
漸習慣了這秋熟後的洋節
總是滿地捲著多采落葉
胖圓的南瓜對你咧嘴
秋景蕭瑟中
處處亮綴著溫暖的橘紅

姊妹們已遠走高飛
麗麗堅持買糖
要開門饗客
為了重溫
為了回餽……

10/16/2010

親情

一代又一代
代代情滿懷
蠟炬成灰日
關愛未斷時

1/22/2014

* 數月來，接納了由日歸來的長女貞妮。多年的海外
工作壓力，任她在此紓解休閒。飲食起居，隨她暢
意，隨她細膩考究，隨她美輪美奐，我珍惜這段難
得的共處時光。和她哥哥一樣外向，喜愛衝刺，最
近她又收拾行囊，遠赴歐洲，去學她最衷愛的攝影
藝術。我這crazy mother, 竟真讓她如願去逐夢……
想想我們對下一代的付出，正猶如所承受於上一代
的賜與，那般豐厚無邊呵！

雪夜

聖夜雪紛紛
羹湯笑語溫
親歡濃瀰漫
琴韻聲聲聞

12/26/2010

* 銀色耶誕夜，歸巢兒女，熱鬧穿梭。共享盛餐後，
  小女撫琴，流出舊曲，牽出舊情……在這亞城百餘
  年罕見的銀色聖夜。

青春

龍女歸巢迎紫鵑
六年芳華瞬如煙
莫傷歲月去無返
最美青春在眼前

3/26/2012

* 剛滿24歲、肖龍的小女艾梅返家度春，迎上後院那
  株她18歲生日那天種下的紫杜鵑，正開得紫韻滿
  滿，而她再也回不去她的十八年華。人人在歲月催
  人老中，和未來相比，目前永遠是最年輕、最美的
  一刻。因此，時時刻刻都該快樂！

松窗絮語──藍晶詩集

讀詩人69　PG1382

 松窗絮語
　　　──藍晶詩集

作　　者	藍　晶
攝　　影	王貞妮（Jennifer Wang Photography）
責任編輯	林世玲
圖文排版	周妤靜
封面設計	蔡瑋筠

出版策劃	釀出版
製作發行	秀威資訊科技股份有限公司
	114 台北市內湖區瑞光路76巷65號1樓
	電話：+886-2-2796-3638　傳真：+886-2-2796-1377
	服務信箱：service@showwe.com.tw
	http://www.showwe.com.tw
郵政劃撥	19563868　戶名：秀威資訊科技股份有限公司
展售門市	國家書店【松江門市】
	104 台北市中山區松江路209號1樓
	電話：+886-2-2518-0207　傳真：+886-2-2518-0778
網路訂購	秀威網路書店：http://www.bodbooks.com.tw
	國家網路書店：http://www.govbooks.com.tw
法律顧問	毛國樑　律師
總 經 銷	聯合發行股份有限公司
	231新北市新店區寶橋路235巷6弄6號4F
	電話：+886-2-2917-8022　傳真：+886-2-2915-6275

出版日期	2015年10月　BOD一版
定　　價	230元

國家圖書館出版品預行編目

松窗絮語：藍晶詩集 / 藍晶著. -- 一版. -- 臺北市：釀
出版,2015.10
　面；　公分. -- (讀詩人；69)
　BOD版
　ISBN 978-986-445-049-7(平裝)

851.486   104016873

讀者回函卡

感謝您購買本書，為提升服務品質，請填妥以下資料，將讀者回函卡直接寄回或傳真本公司，收到您的寶貴意見後，我們會收藏記錄及檢討，謝謝！如您需要了解本公司最新出版書目、購書優惠或企劃活動，歡迎您上網查詢或下載相關資料：http:// www.showwe.com.tw

您購買的書名：＿＿＿＿＿＿＿＿＿＿＿＿＿＿＿＿＿＿＿＿＿＿＿＿

出生日期：＿＿＿＿＿年＿＿＿＿＿月＿＿＿＿＿日

學歷：□高中 (含) 以下　　□大專　　□研究所 (含) 以上

職業：□製造業　□金融業　□資訊業　□軍警　□傳播業　□自由業
　　　□服務業　□公務員　□教職　　□學生　□家管　　□其它＿＿＿＿

購書地點：□網路書店　□實體書店　□書展　□郵購　□贈閱　□其他

您從何得知本書的消息？

　　□網路書店　　□實體書店　　□網路搜尋　　□電子報　　□書訊　　□雜誌

　　□傳播媒體　　□親友推薦　　□網站推薦　　□部落格　　□其他＿＿＿＿＿＿

您對本書的評價：（請填代號　1.非常滿意　2.滿意　3.尚可　4.再改進）

　　封面設計＿＿＿　版面編排＿＿＿　內容＿＿＿　文／譯筆＿＿＿　價格＿＿＿

讀完書後您覺得：

　　□很有收穫　□有收穫　□收穫不多　□沒收穫

對我們的建議：＿＿＿＿＿＿＿＿＿＿＿＿＿＿＿＿＿＿＿＿＿＿＿＿

＿＿＿＿＿＿＿＿＿＿＿＿＿＿＿＿＿＿＿＿＿＿＿＿＿＿＿＿＿＿＿＿

＿＿＿＿＿＿＿＿＿＿＿＿＿＿＿＿＿＿＿＿＿＿＿＿＿＿＿＿＿＿＿＿

11466
台北市內湖區瑞光路 76 巷 65 號 1 樓
秀威資訊科技股份有限公司　　　收
BOD 數位出版事業部

....

（請沿線對折寄回，謝謝！）

姓　　名：＿＿＿＿＿＿＿＿　年齡：＿＿＿＿　性別：□女　□男

郵遞區號：□□□□□

地　　址：＿＿＿＿＿＿＿＿＿＿＿＿＿＿＿＿＿＿＿＿＿＿＿

聯絡電話：(日) ＿＿＿＿＿＿＿＿＿＿　(夜) ＿＿＿＿＿＿＿＿＿＿

E-mail：＿＿＿＿＿＿＿＿＿＿＿＿＿＿＿＿＿＿＿＿＿＿＿